文芸社セレクション

ここから

くぬぎ 千歌
KUNUGI Chika

文芸社

あの交差点を左に曲がると右側に病院の正門が見えるはずだ。方向音痴で地図が読めない私をどこにでも連れて行ってくれるカーナビが教えてくれた。来月、五回目の車検を受ける予定のこの車、ナビの地図データは古くなり、時々混乱することがあるがその都度柔軟に対応してきた。

今日は、隣の県の大学病院まで、高速に乗って一時間余りの道のりをしっかり案内してきてくれた。

赤信号で止まり病院の方へ目をやると、白い建物に沿って桜の大木が続いていた。満開の桜の枝は風に揺られ、花びらが次から次へと舞い降りる。正門の前の横断歩道を渡る人が霞んで見えた。私が、

「ワーー。めっちゃ綺麗じゃん。」

後部座席に座っている夫に声を掛けたが、夫は無言だった。

「あと三日早ければもっと綺麗だったかも。」

と私は言った。

夫は、私のぼやきも耳に入らず、圧巻の桜吹雪に見入っているようだった。

夫の左手が震え出したのは一年前のことだった。

夫は酪農の仕事を五十年続けてきた。これまで大きな病気には縁がなく、冠婚葬祭以外はほとんど休まず働き続けた。

「震えるばかりでなく、最近痩せてきたような気がするの。」

私は、市内の病院に勤める長女に相談した。長女は、小さい二人の子供を抱えて時短で働く臨床試験技師で、隣町へ嫁いでからも私達の健康面を気にかけてくれている。

長女は夫に脳神経内科の受診を勧めた。夫は言われるままに病院に行き、そこでパーキンソン病の疑いがあると言われ、その後大学病院で検査を受けることになった。

朝、十時前に病院に着き、受付をして検査を行い、会計を終わらせた時には午後二時を過ぎていた。慣れない病院での夫の検査が無事に済み安堵した。

夫と私は、駐車場へ向かって静かに歩き出した。ここにも、ひらりひらりと桜の花びらが舞っていた。

まさか、四十年前と同じように、こうして駐車場に続く桜の木の下を二人で並んで歩いているなんて、とても不思議でならなかった。

私は専業農家の長男に嫁いですぐに妊娠したが、胞状奇胎という病気になり、手術を余儀なくされた。かかりつけの医師から説明を受け、隣の県の大学病院を紹介された。思いもかけない出来事に混乱し、事実を受け止めることができないまま入院の準備をした。

入院してすぐに、実家の両親が会いに来た。電車を乗り継ぎながら二時間かけて来たと言う。両親は、近くのビジネスホテルに宿泊して、病院に通い私に付き添いたいと言っている。黒い大きいバッグの中には、そのための荷物が入っていたのだ。正直、甘えたい気持ちはあったが、同時に煩わしさもあった。

今回のことで親達は、私の結婚生活の先行きを今まで以上に悲観した。初めから手放しでは喜べない結婚だった。私は、農家を継ぐ長男に嫁ぐ心構えなど持たず、困難に直面した時の知恵もなかった。それを、親の責任と感じとても気掛かりにしていた。白いベッドに横たわる私を不びんに思い、嫁ぎ先の家族の気持ちを察し胸を痛めた。

両親には、私が前向きに治療を受けることを伝えて安心してもらい、夕方の明るいうちに自宅に着けるよう早めに帰ってもらうことにした。

つらい治療が始まった。

私のお腹は、戌の日に腹帯を巻くことに決まっていてすでに妊娠中期に入っていた。点滴が打たれると、腰のあたりが重たくなった。

経験のない異様な痛さにおののいた。小さめな体育館のような部屋には、時々女性の学生さんが勉強にやってくる。

仰向けに寝かされている私は痛みが弱まると、はるか遠くに見える引き戸が開けられて、学生さんが入ってくるのを待つようになった。そして、ノートを片手に私の所へ近づいてくる学生さんに向かって、

「すみません。腰をさすってくださいませんか。」

私は、懇願していた。

一度目の手術は終わり、用意された車椅子に乗り自分の病室へ戻ることができた。

それからも治療は続いた。

私の主治医はいつも穏やかな男性医師だった。次の治療の説明も優しい口調で丁寧にしてくれた。そしてその最後に、なぜか、

「ごめんなさい。」

と言う。どうやら私は、治療の説明を聞く度に怪訝な顔になっているようだ。傍にいた看護師がすかさず口を挟んだ。

「手のひらに軽く一杯、ナッツを食べるといいの。」

「ナッツを。毎日。」

「そう、毎日。家に帰ったらぜひ続けてね。」

そう言って、私の背中にそっと手を添えた。

治療の甲斐あって、私は順調に回復した。退院の日が決まると、すぐに家族や友人に連絡をした。

連絡をしてすぐの日曜日に、十年来の友人が面会に訪れた。この友人も私の結婚を心配し、今回の入院にはひどくショックを受け何度も面会に来てくれた。彼女は、幼なじみの男友達の赤いスポーツカーの助手席に乗ってきたと、得意気に話している。私は彼とは面識はない。友人は、駐車場に待たせている彼に会うよう私に言った。私はそろそろ外気に触れたかった。紺の薄手のカーディガンを羽織り、友人と一緒に病室を出た。

玄関から駐車場に向かって歩き出した時、どこからともなく一枚、

桜の花びらが舞い降りてきて私の肩に乗った。友人が、

「これまでのことを清算して、スポーツカーの彼と再出発してほしい。」

と言った。周囲の人間から、私は不幸な女と見られている。友人の言ってることは理解不能だ。早く日常を取り戻したいと思った。

その夜、私は夫に電話をした。夫の話によると、私の入院が近所に広まり、その対応で義母が疲れてしまったということだった。農繁期に入り、畑や田植えの準備で忙しい時期に人手不足の状態。本当に申し訳ない。退院の日の時間を伝えて、すぐに電話を切った。

退院の日、夫が着いたのは正午近かった。大した言葉も交わさず、夫が荷物を持って一階の会計で支払いを済ませた。駐車場に向かっ

て歩き出した。桜は葉桜になっていた。
夫の白いセダンは走り出した。

　私の家族は、義父、義母、夫の祖父、祖母そして私達の六人で構成されている。私の実家とは親戚関係にあり、私の母方の祖母の伯母にあたる人が、夫の祖父の祖母になるのだと言うが、家系図でも開かなければ分からない。

　ある日の夕方、現在の夫と両親が自宅まで訪ねて来た。初めての道で迷ってしまったが、どうにかたどり着くことができたと、挨拶より先に話していた。

　三人の訪問は突然のことのように見えたが、一年程前から親戚を介して、親には相談が持ち掛けられたと言う。私は何も知らされていなかった。

遠い親戚と聞いてはいるものの初対面だった両家の親は、居間で一時間程度、当たり障りのない会話をした。

その晩私は、家を探して自分に会いに来てくれた三人の親子の気持ちに、応えたいと思った。

私の積極的な結婚への気持ちに、家族は驚いた。社会人になって三年足らず、二十三歳の娘の決心に頭をかかえてしまった。

家と家との結びつきを重んじる結婚を決めた私に、親戚や友人から言われたことは、

「一番に当人同士を大事にし、自然な流れで発展するものが結婚。」

それは、当然のことだし私もそう思う。しかし、一昔前のようなこの結婚話を、私自身が納得し受け入れてしまえたのだから、周りからは、とやかく言われたくなかった。

周りの大人達がざわめいたのも束の間、両家にそれぞれ一組ずつの仲人が決まり結納が交わされた。そして、その半年後の一粒万倍日に、氏神神社で結婚式を挙げる運びとなった。

夫の仕事は、牛を飼育し牛乳を生産している酪農業だ。朝、夕、一日二回の搾乳とエサやりが主な仕事で、その間に、一ヶ月に一〜二回、牛の分娩の際の介助という大切な仕事がある。義母も牛舎に入って夫と一緒に働いていたが、酪農の仕事は女性の力が大きいと、夫は義母をとても頼りにしていた。

さて、私の仕事はと言うと、家を守ること。朝は一升炊きの炊飯器でご飯を炊き、具だくさんの味噌汁を作ることから始まる。洗濯機を回しながら、家中の拭き掃除をする。築百年の古民家は、広くて至る所に段差があり、隅々まで綺麗にするには重労働で時間もかかった。十時のお茶の準備をすることも忘れない。家族が喜ぶお菓子を並べて待っていることにしよう。

私がホッと一息つきたい時、裏庭に出る。母屋の裏側には、山からの湧き水が小川になって流れてくる。

この川で顔を洗ったり洗濯をしたりと、昔はこの場所を存分に利用して生活していたと、義母が話してくれたことがある。今、私もここでこうして、小川のせせらぎを聞いている。

大学病院での治療から二年後に第一子が生まれた。女の子だった。夫は、男ばかりの三人兄弟だったので義母は喜んでくれた。一年中忙しく、働きづめの家庭ではあったが、愛情深い家族の中で長女はすくすくと大きくなった。

子供が成長するごとに、私にも余裕が出てきた。庭の隅にある花壇に、プチトマトやゴーヤの苗を植えてみた。

筍の季節になると、竹林まで軽トラックを飛ばす。

竹林に足を踏み入れると、黄緑色に輝く景色と静けさに包まれた、幻想的な世界が待っている。頭の上の方で、竹の葉っぱがサワサワとこすれ合い、風がいい香りを運んでくる。できるなら一日中、ずっとここにいたい。

地面から顔を出している筍、土をかき分けて地面へ出ようとしている筍。アクが少なく柔らかく調理ができる時期は限られている。私は筍掘りが楽しくてたまらない。掘った筍は、その場で皮をむき竹林に捨ててくる。筍をかごに入れて待って帰ると、祖母が湯を沸かして待っている。祖母が上手に下処理をしてくれるのだ。その後は、義母がお得意の炊き込みご飯や煮物を作り出す。次々と筍の料理が並び、食卓は贅沢な筍三昧となる。

ある日のことだった。日が暮れかけても、祖父が畑から戻ってこない。祖母は、庭に出ては入ったりを繰り返して心配している様子がうかがえた。夕方の農作業は危険なので早く切り上げて帰ってくるよう、祖母は祖父によく言っていたし、祖父も十分に承知しているはずだった。そのうち、祖母の小さな悲鳴が聞こえたかと思うと、下半身血まみれの状態で祖父が庭に立っていた。聞くと、耕運機が体の上に覆い被さったと言う。耕運機の操作を誤り、祖父が転倒したことは理解できるが、その後どうなったのか見当が付かない。

義父が、祖父を抱えるようにして車に乗せ、かかりつけの町医者に連れて行った。

祖父は、太腿を十七針も縫う大怪我をした。祖母が作っておいたお粥を食べ、医者から出された薬を飲み、その日は早く床に就いた。我家には休日がない。雨が降っても風が吹いても仕事に出掛けて行く。

「山の木も畑の作物も自然の中で育つ。人間は、自然の補佐役となって、自然と共生する農業を続けていこう。」

などと、訳の分からないことを言っていた祖父だが、今回の事故をきっかけに働き方を変えてもらいたい。私は心の底から願った。

次の日、祖父は高熱も出さず食事も摂れていたので、祖母は笑顔で祖父の世話をしていた。

祖父は、普段から老眼鏡を使わず新聞に目を通す。歴史の本や自己啓発本をたくさん持っていて、暇さえあると読んでいた。

足の傷が治るまで、読書をしながら十分に静養してもらいたいと思った。

ところが、その次の日の朝、祖父は食事が済むと作業着に着替えて鍬《くわ》を担ぎ裏山の麓《ふもと》の畑に行ってしまったのだ。私は目眩がした。祖父の穿く作業ズボンの中の太腿には、糸が縫いつけられている。激しく動けば皮膚が引っ張られて裂けてしまうのではないか。

祖母は平然としたまま、祖父が出掛けた後の片付けをしていた。

「おばあちゃんはおじいちゃんの足のことが気にならないの？　もうしばらくゆっくり休んでもらうよう、私が話してみます。」

祖母は片付けの手を止め、いつもの優しい顔で私を見た。物腰の柔らかい、芯の強さも併せ持つ凛とした姿で、祖母は私を静かに見ていた。

祖父はこれまで、農業、林業を通して自然の恩恵をたっぷり受けてきた。

祖父の若い頃の日本は、生糸の品質が高く評価され、重要な輸出商品となっていたと言う。当時はどこの家でも、畑に桑の木を植え蚕を育て、繭を生産する養蚕が盛んだった。

祖父はまた、山林には特別な思いがあった。苗木を植え付けてから木材として利用できるまで、四十年から五十年かかると言われるが、その間、苗木が健全に育つよう森林の手入れを熱心に行っていた。

先代から大切に守られ受け継がれた山を、孫やひ孫の将来に思い

郵 便 は が き

料金受取人払郵便

新宿局承認

2523

差出有効期間
2025年3月
31日まで
(切手不要)

160-8791

141

東京都新宿区新宿1－10－1

(株)文芸社

愛読者カード係 行

お名前《ふりがな》		明治 大正 昭和 平成	年生 歳
ご住所《ふりがな》	□□□-□□□□		性別 男・女
お電話番号	(書籍ご注文の際に必要です)	ご職業	
E-mail			
ご購読雑誌(複数可)		ご購読新聞	新聞

最近読んでおもしろかった本や今後、とりあげてほしいテーマをお教えください。

ご自分の研究成果や経験、お考え等を出版してみたいというお気持ちはありますか。

ある　　ない　　内容・テーマ(　　　　　)

現在完成した作品をお持ちですか。

ある　　ない　　ジャンル・原稿量(　　　　　)

書　名				
お買上 書　店	都道 府県	市区 郡	書店名	書店
			ご購入日	年　　月　　日

本書をどこでお知りになりましたか?
1.書店店頭　2.知人にすすめられて　3.インターネット(サイト名　　　　)
4.DMハガキ　5.広告、記事を見て(新聞、雑誌名　　　　)

上の質問に関連して、ご購入の決め手となったのは?
1.タイトル　2.著者　3.内容　4.カバーデザイン　5.帯
その他ご自由にお書きください。
(　　　　)

本書についてのご意見、ご感想をお聞かせください。
①内容について

②カバー、タイトル、帯について

弊社Webサイトからもご意見、ご感想をお寄せいただけます。

ご協力ありがとうございました。
※お寄せいただいたご意見、ご感想は新聞広告等で匿名にて使わせていただくことがあります。
※お客様の個人情報は、小社からの連絡のみに使用します。社外に提供することは一切ありません。

をめぐらせながら祖父はせっせと山へ通い続けた。

一方、私の実家は兼業農家で住宅地の中にあり、土地の一部から賃貸収入を得ている。

甘酸っぱい苺を摘み取った思い出のある畑や、子猫と遊んだ芝生の庭も、いつの日か整備され変わっていった。

時代の流れとともに社会が変わると、人の考え方や生活の形が変わってくるはずだ。

私には祖父の考えに理解ができず、ため息が出るばかりだった。せめて、祖父の若かりし頃の時代は過ぎ去ってしまったということだけでも、認識してほしかった。

長女が幼稚園に上がると、私には更に時間ができ、農作業の手伝いができるようになった。夏には牧場の仔牛にやる牧草刈りをしたり、冬にはビニールハウスの中で椎茸を収穫したり、スポーツをする感覚で家の周りを飛びまわっていた。

私は失敗も多かった。

冬の日、雪が降り出したので祖父を迎えに軽トラックを走らせた。しばらく走ると道にうっすらと雪が積もり始めた。途中の農道で急カーブの所が一箇所あり、左側が崖になっている。ガードレールもないし、スピードを落として通らないと危険だ。私が乗る軽トラックは、そこへストンと落ちた。落ちて気がついたのだが、崖といっても高さも二メートル程で、水が流れ枯葉が山のように積もっていてクッションの役をしてくれた。通りがかりの男性が、農道から、

「救急車を呼びましょうか。」

と言った。

「大丈夫です。」

と私は答えて、軽トラックから出ようとしたがドアが開かない。

その後、何とか外に出て、軽トラックをそのままにして家に戻ったのだが、家族に合わせる顔がなかった。結局、家族の力で事なきを得た。

夏、暑い日の夜だった。祖母が倒れた。脳梗塞だった。

市内の病院に入院した祖母を心配する気持ちと、今後の仕事の割り振りを決めることで、家族は落ち着かなかった。

祖母は右半身が麻痺し、言葉が出なくなった。祖父はショックを受け、祖母に付き添いたいと言った。

祖母と祖父の二人分の着替えを持ち、病院に通うことが私の日課となった。

ある時、病院の廊下を歩いていると、

「毎日、頑張っていますね。」

　と中年の女性に声を掛けられた。その女性は、横縞のパジャマを着ていたので、入院している人だと分かった。

「祖母が入院していまして。」

　と私が言うと、

「あなたの、おばあさん？」

　と女性が聞いた。

「いいえ、嫁ぎ先の。」

　と私は答えた。

　それから私は、お喋りが止まらなくなり、嫁ぐ前から今日までのことをその女性の前で一気に話していた。

「あなた、白髪で、小柄で、着物着てた人、知らない？」

と女性が聞いたので、

「私の父方の祖母で、ずっと一緒に暮らしていました。」

と言った。女性は、祖母が普段着ていた、着物の柄まで言い当てた。

「その人、今あなたの肩のあたりにいますよ。」

と女性が私の左肩の上に目をやった。さーっと血の気が引いて鳥肌が立ち、

「守護霊って、本当に存在するの？」

と驚いて私は言った。

少し気味が悪かったが、時間が経つと嬉しい気持ちに変わり、不

思議な感覚を楽しんだ。

「あなた、二人目は男の子が生まれますよ。」

女性は笑ってそう言った。

三世代の夫婦が住む大家族の中での生活は、五年が過ぎようとしていた。その日与えられた仕事をこなすことが精一杯の日々だったが、私の心は満たされていた。

実家の庭で仔猫と遊んでいた私に、何か見えないものに導かれながら、学ぶ場としてこの環境が与えられたように思う。

祖母も義母も、今の私のように家族の支えになりながら、せわしい生活を乗り越えてきたはずなのに、辛い思いなどみじんも感じさせなかった。何に対しても身構えることなく、落ちついて対処できる二人の日常的な振る舞いは、頼もしくもあり美しくもあった。

嫁いで初めての、義母が作るお正月料理には驚いた。

我家は、元日に餅を食べない。これは、三百年前から続いているしきたりで、理由は諸説あるようだが誰からも説明を聞いたことがない。

義母が何日もかけて作った御節料理で乾杯をして、義母手作りの蕎麦をいただく。

二日目からは、お雑煮やお汁粉が出される。そば粉も小豆も何もかもが自家製なのだから、帰省の弟家族が、毎年感嘆する。

七日は七草粥、十一日は蔵開き、この日は神様にお供えした餅を雑煮にする。十五日は小豆粥《がゆ》。そしてこの日は、米粉で繭玉という団子を作り、十畳の和室に義父が裏山の梅林から運んだ梅の木を置き、枝に梅の花のように挿していく。早朝から義母は、米を粉にして、繭玉を作る準備をしてきた。

そして、この日の夜は、裏山のてっぺんに祭られている山の神様のお祭である。近所の人を招いて、毎年盛大に行っていた。この行事が済む頃には義母は疲れ果て、一週間程、家でのんびりする時間を作ってくつろいでいた。

祖母が亡くなった。一度は退院したものの右半身の麻痺はよくなることはなかった。祖母は祖父と六十年間、苦楽を共にし、この家

を守ってきた。仲の良い夫婦だった。祖父は、

「何の後悔もない。」

と、肩を落として言った。

祖母が入院中、知り合った女性の言葉が耳に残っていた。いつしか、祖母が「元気な赤ちゃんが生まれてくるよ。」と言っているようで心強かった。

そして、我家に待望の男の子が誕生した。

夫は、

「責任を果たせたような気がする。」

と言ったが、私には納得のいかない言葉だった。

私は、産院にいる間、本を参考にしながら男の子らしい名前を毎日考えていた。強くて元気な名前が良いと思った。

産院から退院すると、祖父が、

「実は、この子の名前は、おまえが嫁に来る前から決まっていたんだよ。」

と言い、私の胸に抱きかかえられたひ孫を愛おしそうに見ていた。

私は気づいていた。祖父、義父、夫の名前の上の漢字が、同じだということを。

私は、長男の名前に対して希望はあったが、こだわりはなかった。

このような命名も素敵なことではないか。私は祖父に、

「ありがとうございます。」

と言って頭を下げた。祖父は笑みを浮かべて筆をとり、ひ孫の名前を書いた半紙を神棚に貼った。

その夜、夫が、

「俺の名前と、おんなじ人物が先祖にいるんだ。」

と言った。仏壇の過去帳をめくると、二十六代の所に夫の名前と同じ名前が記されていた。そして、その妻、と書いてある所には、たしか聞き覚えのある、私の母親の母親の伯母の名前が記されていた。そのことを夫に伝えると、

「今頃気がついたのか。」

と言った。そして、

「家同士の結婚は俺の時代で終わりだ。ただ、形はどうであれ当人

同士が一番大事だ。なっ!!」

と言って、少し笑って私を見た。世間一般の考えだが、夫の口から聞くことができてとても嬉しかった。

長男は、すくすくと成長した。

この子も、夫と同じように、家族の期待という重い荷物を背負って生きていくのだろうか。初めて感じる母親としての不安のようなものを抱えながらも、子供を育てる喜びを噛みしめながら日々を送っていた。

山林で働く車、デルピス号に乗って山へ向かう義父を見つけると長男は、どこにいても走り寄りいつまでも手を振って見送っていた。義父は長男が物心ついてすぐに山へ連れていった。林の中で昆虫を探したり、木の実を採ったり。義母が持たせたお弁当に箸を入れ忘れたことで、木の枝で箸づくりをしたり。長男は義父をヒーローのように憧れ、子供ながらに尊敬をしていた。

義父にとってこの場所は、作業をするだけでなく物事をじっくり考えたり、疲れた身体を休めることができる心のよりどころとなっていた。

このたくましい山林が、この先、長男にとっても自分と同じ存在であってほしいと思いを馳せた。


長男は小学校に入学した。五年生になった姉と元気に通っていた。一学年が一クラスという、子供も親もみんな顔見知りで、気負わずに新しい生活を始めることができた。

「この子、おじいちゃんと田植えしてた子だよね。よろしく。」

と気軽に声をかけられ、親しみやすくてよいのだが、子供の性格や学力など、何もかもが町中に筒抜けになるのだろう。覚悟は、しておいた方がよいと思った。

長男は、学校から帰ってくるとランドセルを放り出し、自転車に乗って出掛けて行った。その日は、ザリガニが群がる場所を友達に案内してもらうんだと、意気揚々と家を出た。小学校には長男の知らない情報が集まってくるらしい。

義父は、事あるごとに長男に話しかける。くぬぎ山のカタクリの花の群生のこと、牛舎の西側の川にホタルが次々とやってくること、タラの芽の天ぷらのこと。

長男は、義父の言葉に耳を傾けず、毎日自転車に乗って出掛けて行った。

私と夫は、長男の様子にホッとしていた。大自然の中で、上級生も下級生も一緒になって、思う存分走り回ってほしい。

祖父の体調が急に悪くなった。食が細くなり、横になることが増えた。町医者の先生は、加齢によるものだと言い、毎日往診してくれた。

祖父の希望で入院はしなかった。祖父は、回り廊下がめぐる奥の八畳間に寝ていて、昼間は障子を開け放って庭を見ていた。日に日に弱っていく祖父が、私はとても気がかりだった。私は二人の子供と一緒に、祖父の部屋に自分達の布団を運び、夜も付き添うことにした。

夜中に起きることもなく、祖父は朝まで眠ってくれた。次第に、眠る時間が増え食事もままならなくなった。そして、祖父が眠る八畳の和室に、先祖の皆さんが沢山おいでだから、お茶をいれるようにと、しきりに言うようになった。

亡くなる数日前のことだった。祖父は家族を一人ずつ部屋に呼び、祖父の思いを伝えた。私には、こんな言葉をくれた。

「忙しい家に嫁に来てくれてありがとう。」

「いいえ。優しくしてくださってありがとうございました。」

と言った私だったが、祖父自身も忙しい家に生まれてきて苦労したんだということに、初めて気づいた。

義母には、どんな言葉が贈られたか聞いてはみなかったが、義母は泣いていた。義母の涙を見るのは初めてだった。

第三子、二女の誕生で、また賑やかになった。私が育児にかかりっきりになるので、義母の仕事がどっと増える。けれども義母は、二女の誕生を喜んでくれ、

「三人の孫を授かって嬉しいよ。」

と言ってくれた。

義母は、義父と一緒に旅行を楽しむようになった。季節が変わるごとに、いろいろな温泉地へ行き観光名所を訪ねる旅は、義母に

とって最高のご褒美だった。

義母と義父が留守の家は、シーンと静まりかえっている。午後のお茶の片付けをした後の居間は広く、時間もゆっくり過ぎるような気がした。開放感があり、このまま眠ってしまいそうだ。

だが、留守を任されている私達は、ここからが大変なのだ。夕方から夜にかけて、夫の酪農のサポートをしなければならない。その前に、子供達の晩ご飯を用意しなければ。早めに畑に行って野菜を調達してこよう。

　義母に異変があったのは、ラベンダーが、畑一面に咲く頃だった。義母が市内の内科に受診すると、大学病院への紹介状を渡された。末期の胃癌だった。義母は六十三歳の誕生日を迎えたばかりで、義父との旅行の計画を立てていた。実は最近、食欲がなくなってきたが、年齢のせいとさほど気にしていなかった。また若い頃から仕事に追われ、疲労がいつも溜まっているような状態で過ごしていた。それでも義母は、食事の面ではとても気を使い、天然だしで作る塩分を控えた食事は、子供達も喜んだ。祝い事には赤飯を炊き、お節句には草餅を作ってくれた。

私は、義母から何一つ教わっていなかった。義母の持つ食の知識を受け継ぐことなく、義母は逝ってしまった。

義母の葬儀の日、大勢の弔問客が訪れた。家族ばかりでなく、親戚や近所の人達からも慕われていた母だった。会場が深い悲しみに包まれ、私は弔問客から責められているように思えた。

義母が亡くなってからのこの一週間、私は寝た気がしない。

昼夜を問わず、入れ替わり立ち替わり、人が来ていた。

朝から、首の後ろがズキンズキンと痛い。昼食の片付けを済ませ二階に上がり、布団を敷いて横になった。いつの間にか夫が部屋に

入ってきた。その夫の顔を見るなり、

「誰かに『これからが正念場』だって言われたけど、私はお義母さんのようにはできないよ。ゴールの見えない長距離走なんて、走れるわけがないでしょ!! 忍耐とか努力とか、それって美徳だと思ってるわけ? いったい、いつの時代の価値観で生きてるの!!」

と泣きながら叫んだ。タオル地の枕カバーが濡れる程泣き続けた。

夫は、私の傍で正座をし腕を組んで天井を見ていた。

私は、白い長靴を履き帽子をかぶり、牛舎に入った。雑用で牛舎にはよく来ていたが、搾乳をやるのは初めてだ。繋がれた牛と牛の間に入りしゃがみ込む。牛の四つのお乳を温かいタオルで拭く。も

う一度拭く。搾乳機を一つずつ掛けていく。白い乳が管を通って流れるのが見えた時、夫が、

「満点だ。」

と言った。

搾乳は、朝と晩の二回決められた時間に行うが、時間が大きくずれると病気になってしまうことがある。

震災の日のことだった。大きな被害はなかったものの、夕方になっても電気がこない。被災の状況を把握できないまま、不安な気持ちで復旧を待った。牛は乳が張り、鳴き出す。夜中、十一時過ぎに復旧し、ようやく作業が始められた。自然災害の怖さを目の当た

りにした出来事だった。

義母が亡くなってからの義父は、晩酌の量が増えた。私が牛の仕事を終わらせ夫より一足先に家に戻ると、義父はすでに酔っぱらっている。背中が少し丸まって、ユラユラと揺れている。

「私の女房は、永遠に死なないと思っていた。」

義父はそう言った。

私は台所に立ち、夕飯を作り始めた。漬け物やおひたしを食卓に並べると、夫が戸を開けて入ってくる音がした。急いで天ぷらを揚げ始める。今夜はさつまいもに茄子にシシトウなどで、最後には、桜エビと玉ねぎのかき揚げをして衣をしっかり使いきる。

私は、熱いものは熱いうちに冷たいものは冷たいうちに、家族の口に入るよう食事作りを心がけている。今夜も、皿に盛り付けてある天ぷらの減り具合を見ながら、ひたすら揚げ続ける。

夫は、冷蔵庫からビールを取り出して飲み始めた。子供達も集まってきて、それぞれセルフで食べ出した。

天ぷらは、野菜が豊富な農家にとっては好都合な惣菜で、献立に迷った時には天ぷらを揚げる。ある時、子供に、

「今夜で四日目だけど……野菜の天ぷら。」

と言われ反省したことがある。

子供達は、食後にヨーグルトを食べ、食器を片付けている。

「ごちそうさま。」

「いんげんの天ぷらは最高だな。」

そう言って、食堂から出て行った。

この時間になると、義父のお説教が始まるのだが、今夜はどうだろう。このまま静かにお開きになってもらいたい。

「おまえたち、あんな狭い牛舎で満足しているのか。」

義父が、ギラギラした目をこちらに向けて話し出した。酪農の規模を拡大しろと言うのだ。

「男はもっと、でっかい仕事をしないといかん。」

義父は、もうろれつが回らない。

夫が牛舎を新設する際、多方面から検討し、効率よく利益を上げられる経営方針を立てた。折に触れ、夫はこのことを義父に伝えてきたが理解できないのか理解をしようとしないのか。義父は、よくこの話を持ち出す。

昭和の時代の農業と、今の農業は違う。義父の意見と夫の意見は、真っ向からぶつかることが多かった。

今夜も、激しいぶつかり合いになって大声が飛び交う。すると二階から、バタバタバタバタと下りてくる足音がしたかと思うと、

「おじいちゃんは、お父さんを認めたことがあるのか。」

と長男が怒鳴った。一瞬で静かになり、言い合いはおさまった。

幼い頃、義父の後を追い、山の仕事をずっと見ていた長男の言葉を、義父は何と思っただろう。長男は、私大の工学部を目指す受験生である。

毎年、春から夏にかけて多忙な日が続く。酪農の仕事に併行して、稲作、牧草の栽培、雑草対策。やってもやっても終わらない仕事の量に、逃げ出したくなることもある。そんな時には、おやつ時間を充実させる。単純な発想かもしれないが、今日一日を乗り切ることだけを考える。そのうちに、夏が終わり季節は変わる。

生姜のたっぷり入ったきゅうりの朝漬け。赤しそで真っ赤に染まったカリカリ梅。朝採りのとうもろこしは茹でて冷ましておいた。氷の入った水筒には庭の隅に広がるミントをつまんで、ポイッと入れた。

頼もしくなった三人の子供達は、私達を前向きに頑張らせてくれる。

長女が就職し、長男が大学生、二女が高校生になった年、私に乳癌が見つかった。五十歳だった。

家族は、大きなショックを受けたようだった。私自身は、病気を冷静に受け入れることができ、普段の生活を送りながら手術の日を待った。

入院の日の朝、牛の分娩があった。予定日は過ぎていたのだが、まさかこんな日に生まれるなんて。安産で、元気な仔牛が生まれた。生温かい羊水で濡れている仔牛の体を、大きなバスタオルで拭いてやると、とっさに立ち上がる。私は仔牛を抱きかかえるようにして、お腹の方まで綺麗に拭いた。夫は、生まれたばかりの仔牛の世話をする私の作業をいつも見ている。無事に生まれたという安心感と一緒に、義母を思い出しているのだろう。

母牛《ははうし》も体調が良く、初乳をたくさん出してくれた。仔牛は、母牛のお乳を入れた哺乳瓶を吸う。初乳は、出生後六時間以内に飲ませるのが良いとされていて、早ければ早い程母親の免疫物質が移行されやすい。仔牛は、ゆっくりゆっくり三キログラム程飲んで、ふかふかの藁の上にしゃがみ込んだ。

この初乳は、分娩後五日目までのお乳を言うのだが、仔牛が飲んだ残りは捨てている。栄養や抗体成分が豊富なことから、米国などではサプリメントに加工されていると新聞で読んだことがある。

これから、私は入院をし乳癌の手術を受ける。本末転倒。元も子もないじゃないか。


一週間の入院後、私は元気に帰ってきた。リンパ節転移があったため抗がん剤治療が始まる。髪が抜けるので、かつら《ウィッグ》を用意するよう言われた。

長女が付き合ってくれ、都心に出掛けた。病院で勧めてくれたかつらを早く試してみたかった。かつらに慣れて、普通の生活に戻らないといけないと思っていた。久しぶりの外出で少しワクワクした。

「まれに、髪が抜けない人もいるってよ。」

と長女が言った。

「抜けたっていいじゃない。またすぐに生えてくるんだから。」

私は言った。

かつらは、思ったより違和感はなく、つけ心地も見た目も全く抵抗がなかった。明るい髪色のショートのかつらを買った。

久しぶりに、イタリアンレストランでゆっくり食事をすることにした。長女も安心した様子だった。

「美容サロンで相談している時、抜け出して買ってきたの。」

長女は一冊の本をテーブルの上に置いた。それは表紙からしてまぶしすぎる程、綺麗な花の図鑑だった。ページをめくるたびに色とりどりの花畑が一面に広がっている。私は、体の底から力が湧き出てくるような喜びを憶えながらページをめくっていった。

初めての抗がん剤治療の日、予想通り朝から不安だった私は、花畑の本をバッグに忍ばせて出掛けた。

点滴の部屋に行き椅子に座っていると、頭上に赤い液体が入った点滴ボトルがかけられた。私はバッグから、花畑の本を取り出し、膝の上に置いた。

副作用で四十度近い熱が出た時も、口内炎に悩まされた時も、その本は側で私に寄りそっていてくれた。

抗がん剤治療は、順調にいけば半年で終わる予定だが、白血球が少なくて受けられないことがある。そんな日が何度となくあり、一時間半かけて来た道を、その足で引き返す時は、何とも言いようのない虚しさに涙が出ることもあった。

髪の毛が抜け始めたので、かつらをつけることにしたが、やはり周囲の反応が気になった。

ある日、病院に行くと、入院中に同室だった人と一緒になり、懐かしさのあまり取り留めのない話をした。おしゃべりはそこだけにとどまらず、カフェに行ってお茶を飲みながら話そう、ということになった。

抗がん剤の治療中、私は何を食べても味がなく、食事の味見は夫にお願いしていた。ところが、カフェのテラスで美しい花を見ながらの紅茶やケーキは、とても美味しく感じた。それからは、病院のあと、この店《カフェ》に寄り命の洗濯をして、私は家に帰った。

髪の毛はさっぱり抜け落ちた。

かつらの上に紺色のバンダナを巻きつけてみた。取っ手のついた籐のかごを持って、母屋の裏側を流れる小川と並ぶ細い道を、私は歩き出した。少し上り坂だが緑の中の山道は気持ちが良い。小川の反対側はイチョウや栗の木が並び、そこを過ぎて左に折れると先祖のお墓があり、真っすぐ進めばくぬぎ山に抜ける。

この時期になると、小川の水ぎわにセリが勢いよく生えてくる。私は小川に近づき草の上に座り、香ばしい香りに包まれながらかごがいっぱいになるまでセリ摘みをした。

右脇の下のリンパ節を取ったことで、虫除けや消毒薬にはいつもポケットに入れ、注意をしていた。

夏の暑い日だった。少し無理をして庭の草刈りをおわらせた、その後に、顔がパンパンに膨らんでしまった。数日で腫れは引いたが、夫はその時、

「牛の仕事は、しばらく休んでくれ。」

と言い、今まで通り義父に協力してもらうということだった。私の入院から義父は、酪農の仕事を応援してくれている。

私は酪農を、ひとまず退くことになった。

二十年ぶりに専業主婦になった私は、家事を一通り終わらせるとテレビをつける。私には、朝の情報番組をゆったり見たいという小さな願望があった。

私は、いつか時間ができたら映画館で映画を観たいと思っていた。子供達を連れて大きなスクリーンで観たのは、何年前のことだろう。子供向けの映画を観て、私はいつも感動で泣いていた。

夫からもらった長期の休暇を、有意義に過ごさせてもらおう。

手術から三年経過したが、私の癌は再発しなかった。

私は再発が怖かった。定期検診が近づくと不安が強くなる。何かで読んだことがあるのだが、生活習慣を、癌になる前と大きく変えてみることが重要ということだった。理にかなっていると思った。

最近の私は、糸の切れた凧のように飛び回っているが、その分、家事もきちんとこなしている。今まで時間に縛られ、いつも何かに追われて余裕がなかったが、今は自由に過ごすことができ、干渉してこない家族にも有り難いと思っている。生きるって何て楽しいことなんだろう。

手術から五年が過ぎた。

殺風景だった、我家の庭のあちこちに、薔薇が咲いている。

抗がん剤治療が始まる時、長女から貰った花畑の本は当時の私を現実から引き離した。そして花の魅力に惹かれるばかりでなく、本の中と同じ世界を作ってみたいと思う程、パワーを与えてくれた。

あれから私は、コツコツ庭づくりをしてきた。

その中で植物は、根が張りやすく栄養を吸収しやすい土壌が大事だということを改めて知り、家族から土づくりの知識を得たいと思った。

義父は土に必要な養分のことを説明し、夫は土の中の微生物を語り、私の質問に回答が出るまで、とても時間がかかった。

家の敷地内には、先代が植えた柿の木やすももの木、いちじくやさくらんぼの木がある。どれも大木になり、木によじ登らないと実が採れないのだが、ここ数年は私がはしごをかけて丁寧にもぎ取って、近所に配ったり親戚に送ったりして喜ばれている。

亡き義母が大切に育てていた牡丹や芍薬《しゃくやく》も、年を追うごとに株が大きくなり存在感を放っている。夏の初めに咲く大輪の牡丹は、義母の働く背中と重なって、貫禄すら感じられる。

先代が慣れ親しんだこの庭に、どんな色を載せていこうか。私は胸を躍らせた。

義父は現役で農業に励んでいた。

義父は長年培ってきた技術を活かして、山林から田畑まで管理を怠ることはなかった。家族が減り、食事の量も内容も変わってくると、今までのように野菜を使わなくなる。私は、義父に胡麻や黒豆や落花生など、食卓が豊かになるような食材を栽培するよう頼んだ。

義父は、私の期待に応えてくれた。

どれも、収穫してからの処理が面倒で、口に入るまでに時間がかかる食材だが、義父が作ってくれたものは、旨味が強く香りもよく、濃厚な味だった。

この食材を使った食事を、家族以外の他の誰かに、私は届けたくなった。

市が主催する起業セミナーに、私は参加していた。

一日、二時間六回のセミナーは内容の濃いものだった。コンセプトの意味を説明され、これを明確にしていくことの大切さを教え込まれた。

築百年以上の広い間取りのこの母屋で、お客さまを迎え入れる仕事ができるかもしれない。起業に向けて動き出した。

厨房での作業の勉強とメンタルを鍛えるために、日帰り温泉で二年間、パートとして働いた。そして、ケーキの教室に通い基礎から学び、また時間を作っては、より多くのカフェを訪れることを心がけた。

古民家の広い玄関には、義父がこだわって探し当てた薪ストーブを設置し、子供達が長年使っていた古いピアノを二階から移動させた。

水道と電気の工事以外は、なるべく自分で手作りすることにし、壁紙を変え、照明を洒落たものにした。若い頃から集めてきたテーブルクロスやクッションカバーなどが日の目を見る時が来た。

先代と暮らした住まいが、カフェに変わっていくのを見ていると、私の中に自信が生まれてきた。

二女の友人の豪人が訪れたのは、カフェがオープンする一ヶ月前のことだった。

彼女は、高校生の時に、豪の姉妹高から短期留学生として、二女が通う高校へやって来た。縁があり、ホストファミリーとして受け入れたことで、今も良い関係が続いている。

二人にお弁当を持たせて送り出し、自家製野菜がたっぷりの夕食を用意し大勢で食卓を囲んだことも、つい昨日のことのようだ。

彼女は、日本家屋に興味があり庭や部屋の写真をスマホで撮って私達に見せてくれた。どれも、我家とは思えない威厳のある美しい姿に写されていた。

古民家カフェの話をすると、彼女はカフェの様子をＳＮＳに載せるようにと言った。

新緑が清々しい季節になった。ユスラウメの木には赤い実がつき、牡丹が咲き出した。

アーチに絡む薔薇や壁を這う薔薇も咲き始め、そっと寄り添うクレマチスも蕾が開いてきた。駐車場から古民家に続く西側の小道の両脇には低い丈のピンクの宿根草が出迎えている。

田舎に帰るような気持ちで訪れてほしいという思いで、古民家カフェはオープンした。

季節の食材に合わせ、主菜を決めると、副菜も決まってくる。副菜の小鉢が次々に増え、四季をたっぷり感じてもらえる。

秋から冬にかけ、薪ストーブが煮込み料理に一役買った。薪ストーブで炊いた煮豆と、アイスクリームやコーヒーゼリーと合わせた和のスイーツは好評だった。冬の定番メニューとなった牛スネ肉のカレーは、薪ストーブに全てを任せた。

田舎の農家のホームメイドのカフェの情報は、SNSで発信した。

ところがしかし新型コロナウイルス感染症のニュースが入ると、すぐにカフェは休業した。

義父は、相変わらず作業着に着替えて、山へ行く準備をしていた。

「くぬぎ山の下刈りに行ってくる。」

義父は、高齢になっても冬になると山へ行く。若い頃から冬の農閑期に、一家総出で山仕事をしてきたことが習慣になっているのかもしれない。

義父が、いつか話してくれたことがある。その日は、家族で早めに山仕事を終え、山を下りる時ふと空を見上げると、木の隙間から覗く青空が見えた。思わず煙草に火をつけしゃがみ込み、しばらく空を見ていた。そのうち、家族の姿も見えなくなり、自分も山を下りようと何気なく作業着のポケットに手をやると、ライターがない。さっき煙草に火をつける時に使ったはずの、使い捨てライターがない。しゃがみ込んだ所に落ちたのかと思い、枯葉の中を必死に探したが見つけることはできなかった。あのライターが、何かの拍子で火がついたらどうしよう。義父は家に戻っても家族に言えず、椋神社のお稲荷さんに頼みに行ったと言う。

「山で失くしたライターを見つけてください。見つけてくださったら、油揚げを百枚お供えします。」

夜が明けるのを待ち、次の朝、義父が山へ行くと、しゃがみ込んで空を見上げていた場所にライターはあったと言う。義父は約束通り、油揚げを町中探して買い占めて、お稲荷さんに百枚お供えできたということだった。

夫は、いつになく頭を抱えていた。

酪農の仕事に就いてから数多くの難題が降りかかってきたが、夫なりに対処してきた。しかし、今回は手強そうだ。このままでいくと、消費者や食品加工業などの需要が減り、牛乳の廃棄ということにもなりかねない。先の見えない不安を抱えながら、夫は朝晩の搾乳を続けていた。

そもそも、夫には夢があり農家の後継ぎにはなりたくなかった。夫の叔父である義父の弟は、子供の頃から読書が大好きだった。

ところが、農作業の手伝いの合間に本を開こうものなら、母親からこっぴどく叱られたと言う。そこで蔵に入り、小さな窓を開き、夜には月の光で勉強したということだった。進学よりも家の暮らしを担うことを、子供にも強いる時代だった。しかし、叔父は大学院まで進み、晩年は世界中を旅して人生を全うした。

夫の夢は実現できなかった。けれども、長男に生まれた運命を受け入れ前向きに酪農業を選択し、家族をしっかり守ってきた。

コロナウイルスの拡大がいつまで続くか分からないが、夫は負けることはしない。

私達は、住居をカフェの経営をきっかけに、母屋から改築された平屋の離れに生活を移し、段差のない快適な空間で生活している。義父が過ごす部屋は、朝日が一番先に射し込む東向きで、夏は涼しく冬は暖かい。義父は、時々、

「狭くて息苦しい。」

と六畳の和室に文句を言う。

「体調が優れないことを部屋のせいにしないでほしい。」

と私が言い返す。すると義父が、

「体調は良い。私は百二十まで生きられそうだよ。」

と言った。

義父は至って健康そうなので、私は、四十年間、義父に言いたかった思いを伝えたいと思った。

「夫の気持ちをくみ取っていますか。」

と切り出してみたが、義父は何も答えなかった。私は悔しくて涙が出た。

義父と夫が言い合いをした時、受験生だった長男が、義父に大声を上げ夫をかばった日のことを思い出した。農家の後継ぎを強要され育った夫が、子供の意志を尊重しながら育てたことを、一番理解していたのは長男だったのかもしれない。

夫はきっとその時から、心のわだかまりが少しずつ解けていったのだろう。ただ、私が義父に対して、自分の中にあるモヤモヤとしたものをぶつけたいだけなのかもしれない。

過去を振り返り誰かを責めても、何も変わることはない。

義父から、

「あのくぬぎ山のこもれびの中でやわらかな風をひとりじめしたらいい」

と許しが出る日まで、私は農家の長男の嫁として自問自答を繰り返しながら生きていく。

「お父さん、四十年前もちょうど桜の季節だったのよ。覚えてる？」

「おまえ、入院している間に葉桜になっちゃったって、ぼやいていたじゃないか。」

夫は、後部座席に乗り、私が運転する車は走り出した。

著者プロフィール

くぬぎ 千歌（くぬぎ ちか）

1958年　埼玉県生まれ。
1981年　専業農家の長男と結婚し、すぐに同居。

ここから

2024年12月15日　初版第1刷発行

著　者　くぬぎ 千歌
発行者　瓜谷 綱延
発行所　株式会社文芸社
〒160-0022　東京都新宿区新宿1－10－1
電話　03-5369-3060（代表）
03-5369-2299（販売）

印　刷　株式会社文芸社
製本所　株式会社MOTOMURA

ISBN978-4-286-25903-1